LES SENTIMENS

DE REÏOVISSANCE,

D'VN SOLITAIRE,

POVR L'HEVREVX

retour du Roy dans sa bonne ville de
Paris.

DEDIE'S A NOSSEIGNEVRS
de Parlement.

A PARIS,

M. DC. XLIX.

A NOSSEIGNEVRS

DV PARLEMENT

DE PARIS.

 ESSIEVRS,

Comme il n'y a point de partie en tout le Corps de l'Estat sur qui se reflechisse plus auantageusement la splendeur de l'Authorité Royale, que sur vostre Illustre Compagnie, il n'y en a point aussi qui doiue prendre plus de part à l'allegresse generale, que Paris tesmoigne au retour du Roy, dont la presence fait sa felicité, apres vne absence qui luy a esté si fort ennuyeuse. Il y auoit en quelque façon lieu de s'imaginer durant ce temps-là que la terre estoit mobile, & auoit fait rouler nostre Orizon soubs le Ciel des Cimmeriens, tant nos iours s'y sont treuuez offusquez de tenebres, sinon grossieres, & palpables, comme celles qui font passer à ces peuples, selon le bruit commun, la moitié de l'année sous vne seule nuit, du moins moralement, & politiquement plus tristes, & plus affreuses pour les chagrins, les erreurs, & les malices dont elles ont obscurcy la serenité de nostre air vn peu descheu de l'ancienne pureté qui le rendoit si aimable à tous les Estrangers.

Vous auez par vostre zele au bien de l'Estat, & par vostre sage conduite dignement preparé les voyes à ce desirable retour de sa Maieste, en faisant cesser les mauuais bruits, qui causoient tant d'alterations, & de desordres en la basse region des esprits, & ne pouuoient que traisner des suites fort préiudiciables au repos public. Le frein dont vos Arrests ont retenu les mauuaises langues, &

les plumes trempées dans le venin a esté vn effect du pouuoir que vous auez acquis sur les cœurs, lequel i'estime
beaucoup au de-là de ces Victoires sanglantes, qui ne sou-
mettent d'ordinaire aux Conquerans qui les remportent,
que des corps sans ames, ou que des ames à qui la terreur
de leur nom a presque interdit la faculté de raisonner.

Ie m'asseure que ç'a esté par principe de raison, &
par quelque touche de respect, plustost que par la crainte des
chastimens, que les Autheurs les plus débordez en iniu-
res en ont arresté le cours, quand ils ont veu que leurs pro-
ductions ne pouuoient plaire à des iugemens si sains, &
à des cœurs tellement François que les vostres, où nos lys
ont ietté leurs plus belles racines. Ie vous imite, Messieurs
en la loüable auersion de toutes sortes de Libelles Diffamatoires, & vous dedie de grand cœur cette Piece que i'en
puis nömer le Contrepoison, laquelle i'ay conceuë au premier
rayon d'esperance de reuoir bien-tost nostre Prince, que
l'on peut plus iustement appeller les delices du genre humain, que pas vn de ceux de l'antiquité. Vous y verrez des
sentimens qui n'expriment pas mal l'idée d'vn Philoso-
phe indifferent, genereux, & Chrestien, ausquels ie tas-
che de rendre les miens conformes autant qu'il m'est possible,
& de treuuer des moyens de vous faire paroistre par quelques
ouurages de plus grande importance, la haute estime que
i'ay pour vostre celebre Corps autant inébranlable, qu'incor-
ruptible, dont ie tiens à grand honneur de me declarer

MESSIEVRS,

Le tres-humble & tres-obeïssant seruiteur,
F. E. C. C.

LES SENTIMENS DE

reſioüiſſance d'vn Solitaire, pour
l'heureux retour du Roy dans
ſa bonne ville de Paris.

Dediez à Noſſeigneurs du Parlement.

O D E.

Etirez vous oyſeaux de nuit,
Noſtre Soleil ſe manifeſte
D'vn air moins humain que celeſte,
Et d'vn nouuel eſclat nous luit :
Le ſiniſtre, & faſcheux nuage
Qui nous deroba ſon viſage
Par vn malheur inopiné,
Perd ſon obſcurité ſi noire,
Et nous le rend enuironné
De rayons d'amour, & de gloire.

A

❦

Que sa rauissante splendeur
Fait vn agreable spectacle
Mariant par vn doux miracle
L'innocence auec la grandeur!
Qu'on void de beautez , & de graces
Deuancer , & suiure ses traces,
Et qu'il naist de fleurs soubs ses pas!
Iamais les presens de l'Aurore
N'assortirent de tant d'appas
Les charmes naturels de Flore.

❦

Les plus beaux objets de Paris
Deuenoient laids par son absence;
Les sources de reioüissance
Voyoient tous leurs ruisseaux taris:
L'Vtile, par qui le commerce
Auec tant de douceur exerce
La Ciuile Societé,
Et tous les autres auantages,
Ayant perdu sa Maiesté,
N'estoient que pertes , & dommages.

L'amour que les bons Citoyens
Ont pour sa Royale Personne,
Et pour le bien de sa Couronne,
Est le plus cher de tous leurs biens;
Ils ont pour luy tant de tendresse,
Que sensiblement on les blesse
En blessant son authorité;
Et tiennent les folles saillies,
Dont tant de bruit s'est excité,
Pour des ouurages des Furies.

Graces au Ciel ces mauuais bruits
Les sources de tant de vacarmes,
Dont la discorde & les allarmes
Ont esté les plus dignes fruits;
Et toutes ces Bestes cruelles,
Qui sous des tiltres de libelles
Mordoient si dangereusement,
Ne seruent plus que de trophée
A la gloire du Parlement,
Par qui leur rage est estouffée.

Ces Autheurs fottement peruers
Dont la malice eft fans excufe,
Ne profaneront plus la Mufe
Par tant de faux, & fales vers :
Ils auoient foüillé fa fontaine
Par vne eau bourbeufe, & vilaine
Qu'Erinnys leur portoit d'Enfer,
D'ou venoient ces aueugles rages,
Qui dans les mains mettant le fer,
Mettoient le feu dans les courages.

On infecta noftre bel air
Par cent cloaques d'infamies,
Et la noirceur des calomnies
Ne luy laiffa plus rien de clair :
Par vne effroyable licence
En voulant choquer la puiffance
On choqua les ordres de Dieu,
Qui veut qu'on rende à fes Images,
Qu'il met au throne, & dans fon lieu
Vn tribut de iuftes homages.

Ie n'ay peu souffir sans horreur
Tant de pieces diffamatoires ,
Par qui les ames les plus noires
Tenoient les autres dans l'erreur ;
Et si nos equitables Iuges
N'eussent arresté les deluges
De ces torrens enuenimez ,
I'eusse accablé par des volumes
De iuste colere animez
L'essor de ces meschantes plumes.

— Mais pourquoy s'en monstrer fâché ?
C'est auoir bien de la foiblesse
Que de crier que l'on nous blesse
Quand on a contre nous craché ;
Vne ame des Demons esclaue
Peut bien sallir de quelque baue
Le plus innocent des mortels,
Mais vne vertu non commune
Conserue tousiours ses Autels
Malgré l'Enuie & la Fortune.

B

❧

Soit qu'vn malin veüille arracher
Les brillans de sa renommée,
Soit qu'vne vengeance enflammée
Luy dresse vn funeste buscher,
Elle a tousiours des antidotes
Contre ce que les ames sottes
Vomissent de plus venimeux,
Et la plus barbare insolence
Se rompt comme vn flot escumeux
Contre le roc de sa Constance.

❧

Tyrsis, cherchons nostre élement
Dedans ce beau genre de vie,
Qui franc de malice, & d'enuie
Treuue le vray contentement:
Voyons d'vne œillade seraine
Sur la montagne, & sur la plaine
Tomber les disgraces du Ciel,
L'enuisageans sans amertume
Descharger son ire, & son fiel
Parmy les foudres qu'il allume.

Quittant le terrestre, & l'humain,
Mon esprit au dessus des nuës
Va par des routes peu connuës
Connoistre le Bien souuerain :
Desia les clochers, & les domes
Ne luy semblent que des atomes
Dans sa haute eleuation;
Desia sa vigueur non vulgaire
Ne reçoit plus d'impression
D'aucune chose sublunaire.

Maistre de son sort, & du temps
Il se moque de l'esperance,
Partisan de l'indifferance
Il suit le party des contents:
L'amorce d'vne gloire feinte
Ne peut donner aucune atteinte
A la douceur de son repos,
Et sa naïue fantaisie
Peut sauourer à tout propos
Les delices de l'ambroisie.

8

❦

Subtils poiſons des cœurs humains,
Vanitez ie vous congedie ,
Beaux appareils de Comedie
Honneurs, ie vous baiſe les mains ;
Vos faueurs qui n'ont que l'eſcorce
Ne peuuent rien contre la force
De mes ſentimens epurez,
Et ma liberté mieux ſoignée
Briſe tous vos pieges dorez
Comme des toiles d'araignée.

❦

Ie bannis de mon ſouuenir
L'ennuy des trauerſes paſſées,
Comme i'exempte mes penſeés
De la crainte de l'auenir :
Vn eſprit groſſierement chope
Qui conſulte dans l'horoſcope
Les effets de ſon aſcendant,
Et qui recherche auecques peine
Si les trois Parques vont tordant
Son deſtin de ſoye, ou de laine.

Que

❊❊❊

Que cette aueugle Deité
Qui fait tout passer par sa roüe
Me flate quand elle se ioüe
Ou me monstre vn front despité:
Que ses inconstantes caresses,
Comme autant d'embusches traistresses
Proiettent quelque mauuais tour:
Elle ne fait rien qui m'estonne,
Puisque moy seul faisant ma Cour
Ie ne releue de personne.

❊❊❊

Lors qu'elle reduit en desers
Les Citez les plus opulentes,
Lors que ses boutades sanglantes
Mettent les Estats à l'enuers;
L'vnique Sage inesbranlable
Ne se peut croire miserable,
Et ne se chagrine de rien;
Il se rit de cette inhumaine,
A cause qu'il ioüit d'vn bien
Qu'il ne tient pas de son Domaine.

✢❧❀

Sans qu'on luy viſt la larme à l'œil
Il verroit ouurir ſes entrailles;
Les feſtins , & les funerailles
Luy treuuent le front tout pareil;
Il tient ſes paſſions en leſſe,
Son regard ne hauſſe, ny baiſſe
A l'abord des diuers ſuccez;
Son teint ne peut deuenir bleſme
Ny pour guerre , ny pour procez,
Ayant la paix auec ſoy meſme.

✢❧❀

Il ſçait priſer moins qu'vn feſtu
Tout ce que le vulguaire admire,
Et ſi quelques-fois il ſouſpire
C'eſt pour l'amour de la Vertu :
Aucun affront ne le prouoque,
Et quand il ſouffre qu'on le choque
Il vainc en faiſant le poltron ;
La Vertu reglant ſon courage
Le couure d'vn diuin plaſtron
Plus fort que la haine , & l'outrage.

❧

Iamais la folle ambition,
Qui dōne aux plus froids quelque fláme
Ne mit les reſſors de mon ame
A la torture d'Ixion:
Si ma penſée eſt temeraire,
Et veut en ce point me deſplaire
Ie la reduis comme en priſon,
Aimant mieux voir cette importune
Dans les liens de la raiſon,
Que dans les rets de la Fortune.

❧

I'ayme à rouler au petit pas
Entre des bornes legitimes;
L'excez, cette ſource des crimes,
Ne peut auoir pour moy d'appas;
Ie ſçay ſi bien rogner les ailes
A tous ces appetits rebelles,
Qui volent outre le deuoir
Que mon eſprit n'eſt plus en crainte
De ſentir ployer ſon pouuoir
Deſſoubs le ioug de leur contrainte.

***

Quand ie voy le Roy des metaux
Courtisé de tant de personnes
Que par l'esclat de ses couronnes
Il porte à des actes brutaux:
Quand ie voy des ames seruiles
Auec des complaisances viles
Donner aux veaux d'or de l'encens,
Auecques zele ie m'escrie,
Profanes, l'erreur de vos sens
Resuscite l'Idolatrie.

***

Ie fuy ces naturels de feu,
Qui ne viuants qu'à l'auenture
Querellent la loy de Nature
De ce qu'elle a prescrit le peu:
Ces esprits que la gloire pipe
Sont plus inconstants que l'Euripe,
Et plus battus que ses boüillons;
Leurs desirs ne buttants qu'aux vices,
Font de tous leurs desseins broüillons
Les instruments de leurs supplices.

Amour

Amour cet Archer furieux,
Dont mon cœur a brisé les fleches,
Ne peut plus y faire de breches
Par les surprises de mes yeux;
Soit que pour mieux farder sa rage
Il emprunte d'vn beau visage
Les attraits, & les doux regards,
Soit qu'il m'attaque a force ouuerte,
Il treuue tousiours des remparts
Où ma raison se tient couuerte.

Qu'on me produise vn abregé
De toute la beauté mortelle
Plus rare que celuy qu'Apelle
Auoit si iustement rangé:
Qu'on me monstre vne autre Pandore
Plus gracieuse que l'Aurore,
Et plus charmante que Cypris,
Quoy qu'elle die, ou qu'elle fasse,
Ie seray plus fort en mespris,
Qu'elle puissante en bonne grace.

❁

Ie n'aime point ces Curieux
Dont les fameliques ceruelles
Deuorent toutes les nouuelles
Tant des oreilles que de yeux:
Cette ardeur qui fert de mazette
Aux Poftillons de la Gazette
Pour chercher diuers paffeports,
Fondant fur la vapeur d'vn fonge
Mille fantaftiques rapports,
Delecte moins qu'elle ne ronge.

❁

Depuis que ie vy tout à moy,
Et que feul ie conduis ma barque,
Ie tranche du petit Monarque
Libre de trifteffe, & d'effroy:
Ie difpofe de mes années
Sans le congé des Deftinées
Au gré d'vn bien plus puiffant Dieu,
Dont i'adore la prouidence,
Comme ie refpire en tout lieu
L'air de fon aimable prefence.

On treuue en ce Diuin objet
Vne plenitude si rare,
Que le desir le plus auare
Y doit terminer son proiet ;
Celuy qui possede sa grace
N'apprehende ny feu , ny glace,
Ny défaueur , ny pauureté,
Estant asseuré d'vn azile,
Qui pour rompre l'aduersité
Change en fer les vaisseaux d'argile.

Auec cet admirable appuy
L'homme peut tenter l'impossible,
Et se vanter d'estre impassible
A tout ce qui s'oppose à luy:
Les plus iniurieuses touches,
Les Tyrans , les bestes farouches,
Et les plus rigoureux tourments
Dont sa vertu soit combatue,
Seruent enfin de fondements
A son Heroique statue.

❊

Le Corps, ce ioüet des mal-heurs
Sert de theatre à l'inconstance,
Où la misere, & la souffrance
Font mille scenes de douleurs;
Mais l'Ame sa diuine hostesse
Eschape à quiconque la presse,
Et braue les feux, & les fers,
Se monstrant fille d'vn Monarque
Qui luy fait domter les Enfers
Tant qu'elle aime à porter sa marque

❊

Quiconque mesprise la mort
Peut viure en terre comme vn Ange,
Et sans s'y soüiller dans la fange
Il marche à grands pas vers son port:
La verité pure, & sans voiles
L'eleue au dessus des estoiles
Sur tous les lambris azurez,
Et reglant son heureuse course
Fait voir à ses yeux épurez
Le Souuerain Bien dans sa source.

FIN.